LA BATAILLE
DES
TROIS EMPEREUR.

DÉDIÉ

AUX ARTISTES DU THEATRE PALAIS-VARIÉTÉS.

Vos talens ont donné quelque prix à mon ouvrage ; vous le dédier, n'est, je crois, que vous offrir votre bien.

Votre affectionné Camarade,

F. D. LÉON.

LA BATAILLE

DES

TROIS EMPEREURS,

MÉLODRAMME EN DEUX ACTES ET EN PROSE,

REPRÉSENTÉE, pour la première fois, sur le Théàtre du PALAIS-VARIÉTÉ, le 7 Nivôse an 14, (28 Décembre 1805);

PAR M. LÉON.

PRIX : 1 LIVRE 4 SOLS.

PARIS.

Chez TOUCHARD, Correspondant de Théâtre, rue des Boucheries, faubourg Saint-Germain, N°. 5;
Et chez tous les Marchands de Nouveautés.

JANVIER.— 1806.

PERSONNAGES.	ACTEURS.
Le baron de Ludolff, vieux général, commandant le fort de Porlitz	M. LEBEL.
Sophie de Ludolff, sa fille	Mme. DESTREVAL.
Charlotte, nourrice et domestique de Sophie	Mme. LAINEZ.
Henry, fils de Charlotte	Mle. ADÈLE LEVALLE.
Hammer, vieux domestique attaché au baron de Ludolff	M. PASCAL
Le Major du fort	M. PAILLERY.
(NOTA : Ce rôle doit être parlé moitié allemand, moitié français).	
Mick, soldat Autrichien	M. FULCRAUD.
Le Général de la reserve française	M. ADRIEN.
Un Aide-de-camp de l'Empereur de France.	M. LÉON.
Charles Dupré, colonel de dragons	M. St.-JULES.
Un sous-lieutenant de dragons.	M. LOUIS.
Sans-Regret, dragon.	M. BRABAN.
La Treille, dragon	M. BEAULIEU.
Va-de-bon-cœur, soldat d'infanterie.	M. LEGRAND.
Belle-pointe, soldat d'infanterie.	M. CHARLES.
Court-chemin, gendarme	M. St.-MARC.
Un Chef de patrouille	M. LUX.

PERSONNAGES MUETS.

Trois Vivandières.

Généraux, Officiers, Soldats Français, Allemands et Russes.

ACTE PREMIER.

SCÈNE PREMIÈRE.

Le théâtre représente l'appartement de Sophie de Ludolff dans le fort de Perlitz. A la droite de l'acteur est un cabinet, à la gauche une fenêtre avec un balcon. Il est midi passé.

On entend tirer quelques coups de canons.

CHARLOTTE, HAMMER.

CHARLOTTE (*travaillant*).

J'entends le canon , je crois ?

HAMMER (*qui entre*).

Mon Dieu, oui, Melle. Charlotte, ce sont encore ces enragés de Français qui font des leurs ; c'est leur entrée dans Braün , dont vous entendez le signal : notre Empereur s'y était refugié ; croyant y être en sûreté , croyant pouvoir s'y concerter avec ses alliés pour y prendre enfin sa revanche de tant d'échecs..... Eh bien, voilà qu'un beau matin un corps de Français paraît à une demi-lieue de la ville , tandis qu'on les croyait occupés à se délasser à Vienne de leurs longues fatigues et de leurs courses précipitées.

CHARLOTTE.

Mr. Hammer , c'est que les Français sont accoutumés à se délasser d'une victoire par une autre.

HAMMER.

Faut ben que cela soit, puisqu'à peine avait-on eu le tems de les reconnaître , qu'ils étaient déjà tombés comme des furieux sur le corps Russe qui se trouvait en avant de la ville. La garnison fait une sortie, on e bat......, on se bat....., enfin, ils nous battent, et uis se retirent.:..,.. On ne savait pas trop pourquoi ;

mais ils avaient leur raison ; car ce matin les voilà de retour en plus grand nombre qu'hier , et au quart-d'heure que je vous parle , ils prennent possession de Braün, comme je vous disais, notre pauvre Empereur.., notre pauvre Empereur....; heureusement que ses malles n'étaient pas défaites; il n'a eu que la peine de remonter en voiture. V'la qu'il gagne dit-on le corps principal de l'armée russe, ou l'on assure qu'il trouvera l'Empereur Alexandre ; ils en auront, je crois, de belles à se dire! Enfin, excepté notre petit fort de Porlitz, tout est au pouvoir des Français; et je crains beaucoup, par parenthèse, qu'ils ne viennent l'attaquer.

CHARLOTTE (*toujours travaillant*).

Vous n'êtes pas brave, M^r. Hammer.

HAMMER.

Croyez-vous donc que j'aie peur d'eux.... Ah ben oui.... J'ai bien une autre frayeur.... c'est que notre maître , le vieux baron de Ludolff , qui déteste les Français autant que moi , ne soit tenté de soutenir un assaut dans cette misérable bicoque: si je le croyais disposé à se rendre , je vous assure que je serais tout rassuré.

CHARLOTTE.

En effet, l'Empereur d'Allemagne ne pouvait confier ce fort à un officier plus brave , et plus ennemi de la nation qu'il a à combattre.

HAMMER.

Et cette sortie qu'il a fait faire hier par son major , pour secourir les nôtres , lors de cette attaque des Français dont je vous parlais tout à l'heure.. Ah! ah...

CHARLOTTE.

C'est dommage que le secours qu'il leur envoya , ne les ait pas empêchés d'être complettement battus.

HAMMER.

A propos , Melle. Charlotte , avez-vous su pourquoi

Melle. Sophie m'avait chargé de lui avoir l'habit du petit paysan qui apporte tous les jours des provisions-ici?

CHARLOTTE (*se levant*).

Chut !.... rappellez-vous le silence qu'elle vous à recommandé, la récompense dont elle a payé votre discrétion.

HAMMER.

Je le sais ben, Melle. Charlotte ; elle m'a dit cinq ou six mots agréables , et m'a donné dix ducats , ce que j'aime bien autant..... mais..... je suis curieux..... je suis curieux..... et c'est précisément ces dix ducats qui me feraient croire.....

CHARLOTTE.

Doucement , M^r. Hammer , quels que soient les motifs de ma maîtresse , ils ne peuvent avoir pour but qu'une bonne action ; je suis curieuse aussi ; mais je me garderai bien de chercher à pénétrer son secret, et j'attendrai en silence le moment où elle jugera à propos de m'en faire part.

HAMMER.

Ah ! je pense bien comme vous, Melle., cependant je desirerais tellement savoir ce qu'il en est , qu'il y a des momens où je suis tenté de tout déclarer à M^r. le baron , comme il est plus curieux , et de plus qu'il ne plaisante pas , je suis certain que nous saurions par lui ce que je grille de connaître.

CHARLOTTE.

M^r. Hammer , je vous le répète , ma maîtresse n'a pu être dirigée , dans ce qu'elle a fait , que par une louable intention ; et si jamais une indiscrétion de votre part lui causait le moindre chagrin..... Vous m'aimez dites-vous , malgré mes quarante-cinq ans ; et quoi que vous n'en ayez que trente-six, vous voulez m'épouser , adopter mon fils Henry , eh bien......

HAMMER.

Eh bien......   I.

CHARLOTTE.

Eh bien , malgré l'envie que j'aurais de donner un père à mon fils, je vous déclare que je préférerais ne jamais me remarier , à l'hymen que.....

HAMMER.

N'achevez pas , Melle. Charlotte, vous me faites trembler.... n'en parlons plus.... Je vous promets..... Mais voici Melle. Sophie , je me retire , comptez sur ma discrétion. (*A part*). C'est pourtant bien dur de ne pas savoir.....

SCÈNE DEUXIÈME.

SOPHIE , CHARLOTTE. (*musique*).

Sophie en entrant fait signe à Hammer de sortir ; Charlotte va pour rentrer dans le cabinet, Sophie lui fait signe de rester. Charlotte recommande le silence à Hammer....

SOPHIE (*troublée*).

Ma bonne Charlotte , j'ai à te parler..... (*A part*). Oui, c'est le seul parti qui me reste à prendre ; celle qui m'a tenu lieu de mère ne sera pas insensible à la situation affreuse où je suis. (*A Charlotte*). Prête-moi toute ton attention.

CHARLOTTE.

J'écoute , ma chère maîtresse.

SOPHIE.

Quelles que soient les choses que je vais te révéler, Puis-je compter de ta part sur un dévouement sans reserve ?

CHARLOTTE.

(*A part*). Elle me fait trembler. (*Haut*). Pouvez vous en douter ?

SOPHIE.

Me promets-tu , lors même qu'il faudrait encourir la disgrace de mon père , de faire aveuglément ce que mon amitié exigera de toi?

CHARLOTTE

Melle., depuis que vous êtes née , mon attachement pour vous , a égalé mon respect : j'ignore ce que vous voulez me coufier , mais je jure de vous être aveuglément soumise.

SOPHIE.

Je suis donc sûre de toi ? Ecoute , mon époux est ici dans un danger éminent , et c'est de lui que je vais t'entretenir.

CHARLOTTE.

Votre Epoux ? vous êtes mariée ! Madame ?

SOPHIE

Je connais ton étonnement , oui ma , chère Charlotte ; mon époux.

CHARLOTTE.

Comment , il se pourrait. . . . . . .

SOPHIE.

Rien de plus vrai , tu sais qu'il y a huit ans , mon père , alors major d'un régiment hongrois , fut fait prisonnier et conduit en France ; quoiqu'à peine âgée de quinze ans , je partis aussitôt de Vienne , ponr aller partager les fers de l'auteur de mes jours ; je t'y laissai pour veiller à nos intérêts. Arrivée en France , j'eus le bonheur d'abréger le terme de la captivité de mon père , mais à quel prix!....... je pouvais sortir librement de la prison , que je m'étais volontairement imposée. Un jeune officier , que le hasard m'avait fait connaître, me secondait puissamment dans mes démarches par le moyen d'un de ses parens qui occupait une place importante dans le gouvernement français ; il m'aima et me le dit, je partageais ses sentimens et ne pus lui cacher ceux qu'il m'inspirait ; la reconnaissance , l'amour , mon extrême jeunesse , mon inexpérience , m'entraînèrent dans une démarche dont je ne prévoyais pas les suites. Je promis à ce jeune officier de lui donner la main , le jour que mon père serait libre : il arriva ce jour , et son aurore éclaira mon union avec *Charles Dupré.* Mon père devait attendre à Paris que son échange fût acceptée. Cette formalité entraîna deux mois. Pendant ce tems , je présentai mon époux à mon père , comme l'homme généreux à qui je devais ma liberté , mais sans lui parler des liens qui m'unissaient à lui. Cet aimable jeune homme avait presque triomphé de la haine de mon père contre tout ce qui était français : il le voyait avec plaisir , faisait sans cesse son éloge ; un soir , il en parla avec tant d'enthousiasme , qu'oubliant la prudence , je crus l'instant favorable pour lui tout avouer : nous devions partir sous peu , et tout concourut à m'inspirer le projet que j'exécutai à l'instant même , en déclarant à mon père et mon amour , et le mariage qui en avait été la suite.. Mouvement fatal , source de tous mes malheurs , jamais je ne vous oublierai.

CHARLOTTE.

Eh bien.......

SOPHIE.

O ma chère charlotte ! il n'est pas d'expressions pour te peindre la colère que cette confidence excita dans l'ame de mon père. La mort de celui qu'il appellait mon séducteur , la mienne pouvait seule satisfaire sa vengeance : je tombai à ses pieds presque sans connaissance; ma chûte rappela mon père à lui-même ; il me releva , me prodigua ses secours , me fit asseoir et prononça l'arrêt que je subis depuis huit années :

Ma fille , mon premier mouvement était de laver dans le sang l'outrage fait à mon honneur ; une réflexion salutaire m'épargne un crime ; mais vous n'aurez pas bravé en vain l'autorité paternelle , voici à quelles conditions je puis vous pardonner : Vous ne reverrez jamais , dumoins , tant que j'existerai, celui que je rougirais d'appeler votre époux. Il faut qu'il signe la promesse de se conformer à ma volonté , et sur-tout de ne jamais faire connaître les nœuds qui l'attachent à vous ; ma malédiction serait le prix de la moindre infraction à mes volontés , et vous trouverez la récompense de votre docilité dans la jouissance de toute ma fortune , dont vous pourrez après ma mort enrichir celui que vous serez libre alors de reconnaître comme votre époux.

CHARLOTTE.

Hélas ! je crois l'entendre !..... C'est bien là son caractère inflexible..

SOPHIE.

Je promis à mon père tout ce qu'il voulut , j'écrivis sous ses yeux à mon époux , et dans les termes qu'il me dicta. La réponse de Charles fut telle qu'on devait l'attendre : elle exprimait son désespoir du sort fatal qui nous séparait ; mais mon intérêt, son respect pour le père de son épouse , lui dictaient le serment qu'il faisait à mon père de respecter ses volontés , et qu'il accompagnait de celui de m'aimer toute la vie. Nous partîmes peu de jours après.

CHARLOTTE.

Mais n'avez-vous pas eu des nouvelles de monsieur Dupré depuis ?......

SOPHIE.

Ignorant le lieu de ma retraite, il n'a pu tenter les moyens de me donner de ses nouvelles ; et la connaissance que j'ai du caractère de mon père m'a empêché de l'instruire du lieu que j'habitais : les journaux et la voie publique m'ont seuls donné quelques éclaircis-

semens sur son sort., c'est par eux que j'ai été instruite
de son avancement et des actions d'éclat qui ont
illustré sa carrière militaire. Il est aujourd'hui colonel
du régiment de dragons dans lequel je l'ai connu. Ce
régiment, depuis l'ouverture de la campagne, a fait
constamment partie de l'avant-garde des Français ;
hier cette même avant-garde paraît sous les murs de
Braün, attaque le corps d'alliés qui couvrait la ville,
et se retire après l'avoir mise en déroute.

Eh bien mon époux se trouvant à cette attaque,
jugez de mes tourmens : Le combat terminé, j'entends dire que les Français, quoique vainqueurs, ont
à regretter la perte d'un colonel. On ne le nomme pas,
mais mon cœur craint de le deviner. Ma tête s'égare,
je ne puis supporter l'inquiétude à laquelle je suis en
proie, je sort du fort sous des habits d'homme, je m'a-
chemine sur le champ de bataille. A peine arrivée,
j'entends un léger bruit ; quelques accens plaintifs di-
rigent mes pas, j'approche, j'apperçois un homme
confondu avec les morts, qui fait quelques efforts pour
se soulever. Aucune crainte ne m'arrête, je le prends
dans mes bras, je le soulève, je regarde. O prodige !
C'est Charles. Je jette un cris : malgré mon déguise-
ment, il ne peut long-tems me méconnaître, et nous
tombons dans les bras l'un de l'autre !

CHARLOTTE.

Est-il possible ?

SOPHIE.

Il m'apprend qu'au fort de l'action, son cheval
blessé l'a entraîné dans sa chûte ; foulé aux pieds des
chevaux, il avait perdu connaissance, et ne l'a retrou-
vée que lorsque je suis arrivée. Conçois notre embar-
ras : L'armée des alliés était encore maîtresse de
Braün ; je ne pouvais l'y conduire ; nous ignorions le
chemin qu'avait pris le corps d'armée Française ; nous

ne pouvions faire un pas sans danger..... Pressés de prendre un parti , je fais prendre à Charles une capotte allemande , et nous nous acheminons vers le fort. Un bonheur inexprimable nous fait surmonter tous les obstacles. Enfin , mon époux est ici; je l'ai fait cacher dans cette vieille galerie , qui est au-dessus du grand magasin d'armes: personne ne m'a vue ni l'y conduire , ni en redescendre. J'ai pu déjà lui porter quelque nourriture , et ce qu'il faut pour panser une blessure qu'il a reçue dans le combat ; mais du bruit que j'ai entendu m'a fait le quitter de suite , en lui recommandant de ne point se montrer. Que faire maintenant? Conseille-moi , aide - moi ; ma vie entière sera employée à reconnaître ce que tu feras aujourd'hui pour mon époux.

CHARLOTTE.

Que parlez-vous de reconnaissance, ma chère maîtresse , occupons-nous du plus pressé. Votre époux ne peut rester où il est , c'est clair ; mais où le placer? dans ma chambre ? La jalousie de ce Hammer l'y conduit mille fois dans le jour.... C'est bien dommage que... eh! bon Dieu! je pense à une chose: Le cabinet de votre appartement doit avoir une porte de communication avec le grand sallon des archives : Il serait fort aisé de communiquer par là à la grande galerie. De cette manière votre époux pourrait parvenir jusqu'ici sans être vu de personne , et y rester jusqu'à ce que les circonstances permissent de prendre un autre parti. Vous serez malade , on vous servira chez vous , et ce prétexte excusera votre retraite.

SOPHIE.

J'approuve ce que tu me proposes : voici l'heure où mon père va me rendre sa visite accoutumée , tu profitera de ce tems pour exécuter notre projet, je n'ai

pas besoin de te recommander la plus grande prudence.

CHARLOTTE.

Soyez sans inquiétude, J'entends du bruit......c'est
sans doute M. le baron, non c'est Henry. (*Musique*).

(*Henry en entrant, va embrasser Charlotte qui
sort en faisant des signes d'intelligence à
Sophie*)

SCÈNE TROISIÈME.

HENRY, (*après avoir baisé la main de Sophie*).

Bon jour, ma bonne amie, où va donc maman ? à
peine si elle a fait attention à moi. Mais embrasse-moi
donc, je ne t'ai pas encore vue de la journée.

SOPHIE (*l'embrassant.*)
Ah! bien volontiers.... Et qu'as-tu fait ce matin?

HENRY.

Quand j'ai vu que l'heure de ma leçon était passée,
et que maman m'a dit que tu n'étais pas encore levée,
je suis allé dans le jardin, j'ai fait des boules de neige;
les fils du jardinier avaient bâti un petit château,
nous l'avons attaqué: Louis et moi, nous étions les
Français; et eux les Anglais. J'étais tellement animé,
que lorsque nous avons eu escaladé le petit fort, j'ai
battu Fritz comme s'il eut été mon ennemi......Il en
a pleuré.

SOPHIE.

Comment donc, Henry, c'est fort mal, et...
HENRY (*lui prenant la main.*)
Bonne amie, ne me gronde pas, je croyais battre
un Anglais; tu sais qu'il ne sont aimés de personne.
Mais quand j'ai vu pleurer ce pauvre Fritz, je lui ai

demandé pardon ; il me l'a accordé , et nous sommes maintenant les meilleurs amis du monde.

SOPHIE.

A la bonne heure.   (*Musique*).

Sophie écoute attentivement. Henry va à la porte et revient.

SOPHIE.

Quel bruit entends-je ?   (*Musique*).

HENRY.

Bonne amie, c'est M. le baron.

La musique continue , le Baron entre et s'arrète à sa file.

Henry va pour aborder le Baron sérieux , le fait reculer , il sort.

SCÈNE QUATRIÈME.

Les précédens , le BARON de LUDOLFF.

LE BARON.

Ma fille , vous avez refusé , il y a quelques tems, la proposition que je vous avais faite de vous rendre chez ma sœur , à Hermandstatt. La marche rapide et triomphante des Français m'avait inspiré cette idée : je vous remercie des motifs qui dirigèrent alors votre refus de me quitter ; mais aujourd'hui , il n'y a point à balancer. Braün et tous les euvirons sont au pouvoir de nos ennemis. Le fort que je commande est le seul point qu'ils n'ont pas encore attaqué ; il ne peut tarder à l'être , et alors mon devoir me prescrit de m'ensevelir sous les ruines du poste que mon souverain m'a confié , et d'effacer par une défense glorieuse la honte que tant de défaites ont imprimé à nos armes.

SOPHIE.

Moi, vous quitter, mon père ! Avez - vous pu

penser?... Ah! de grâce, n'exigez point une séparation....

LE BARON.

Ma fille! que ce moment me paie bien de ce que j'ai fait pour vous; mais il faut....

SOPHIE.

Jamais. Ah! par pitié, mon père, consentez à la prière que je vous fais de ne pas me séparer de vous.

On entend un leger bruit dans le cabinet.

Croyez que, loin de ces lieux, mon inquiétude serait plus forte que le péril qu'il faudrait courir en y restant.

LE BARON.

Je serais criminel, si je cédais à vos instances. Je veux que vous vous rendiez à mon desir. S'il en est besoin, je l'exige au nom de l'indulgence et de l'oubli.....

SOPHIE (*troublée*).

N'achevez pas.....

LE BARON.

Mon intention n'est pas de rappeler un souvenir pénible.... J'ai fait mes dispositions de manière à ce que vous ne courriez aucun danger. J'avais demandé, il y a quelque tems, un passe-port à l'envoyé de Dannemarck pour une famille de Copenhague, qui devait partir d'Olmutz, et que des affaires ont retenue; il vous servira. Charlotte sera chargée de vous accompagner. Je ne vous chargerai d'aucune lettre pour ma sœur; vous aurez soin de n'emporter aucuns papiers qui puissent vous trahir; je ne vous demande pas même de me donner de vos nouvelles.

Si le sort des armes m'est favorable, j'irai moi-même vous chercher et remercier ma sœur. Mais, quel que soit l'avenir que le ciel prépare à votre père, croyez qu'il aura fait son devoir, et que sa tendresse pour vous ne se démentira pas. Je vais donner des ordres pour votre départ ; ne perdez pas de tems pour faire vos préparatifs , et songez que votre père vous tiendra compte de votre soumission en cette circonstance.

(Musique).

(Sophie exprime le regret de quitter son père, elle regarde le cabinet ; le général l'embrasse, s'arrache de ses bras. On entend du bruit en dehors ; le Baron s'arréte. Hammer entre tout effaré).

SCÈNE CINQUIÈME.

LES PRECÉDENS , HAMMER.

HAMMER.

M. le général, M. le baron !.... Ah ! mon Dieu , mon Dieu ! je suis tout saisi... je ne sais si je pourrai vous dire ce que j'ai vu ,.... ce que j'ai entendu....

SOPHIE.

O ciel ! que va-t-il dire ?

LE BARON.

Eh bien ! qu'est-ce ?

HAMMER.

Les Français , ces diables de Français....

LE BARON.

Parleras-tu ?

HAMMER.

Ils sont dans le fort....

LE BARON.

Dans le fort !....

HAMMER.

Ce n'est pas encore bien certain , cependant j'ai trouvé....

LE BARON.

Quoi ?

HAMMER.

Donnez-vous patience.

SOPHIE (*à part*).

Cachons mon trouble, s'il est possible.

LE BARON.

Si tu ne t'expliques, maître sot....

HAMMER.

M. le Baron, si vous m'effrayez comme ça en vous mettant en colère, vous ne saurez rien... Vous me faites peur.....

LE BARON.

Coquin, mais parle donc?

HAMMER.

Vous savez que j'aime Melle. Charlotte....

LE BARON.

Après.

HAMMER.

Eh bien! M. le Baron, il y avait deux heures que je ne l'avais vue.... Las de la chercher, et ne la trouvant nulle part, j'avais pris le parti de monter à sa chambre.

LE BARON.

Quelle patience!

HAMMER.

La porte en était fermée, comme il lui arrive quelquefois d'en user ainsi : j'écoutais attentivement pour savoir si elle y était, lorsque je la vois passer au bout du coridor qui mène à la salle d'armes.

LE BARON.

Eh bien.

HAMMER.

Quand je dis que je la vois, c'est-à-dire que je crois la voir; car, en vérité, je n'en suis pas sûr.... Mais, plein de cette idée, je suis la personne que je vois.....

LE BARON.

Abrège, bavard.

HAMMER.

M'y voilà ; je la suis, je la vois de loin traverser la salle d'armes, monter le petit escalier de fer qui est à l'extrémité, et gagner le grande galerie qui est au bout. Je cours bien vîte, j'arrive à la porte de la grande galerie, et....., je ne vois plus rien.

SOPHIE.

O ciel !

LE BARON.

Quel conte !

HAMMER.

Non, je ne vois plus rien...., mais j'entends.........
« Ange du Ciel...., soyez mon guide..., je m'abandonne à vous.... »

SOPHIE (*à part*).

Grands Dieux ! secourez-nous.

HAMMER.

Je m'approche du trou de la serrure pour tâcher de voir et d'entendre quelque chose de plus. Tout-à-coup la porte s'ouvre, et au même instant je reçois sur la joue un soufflet, oh ! mais je dis un soufflet !

LE BARON.

Et de qui ?

HAMMER.

Est-ce que je le sais ; la main de celui qui me l'a donné, a couvert toute ma figure. Je vous demande, d'après cela, si j'ai pu voir.... Je suis tombé la face contre terre, et j'ai bien senti que vingt personnes au moins me marchaient sur le corps.

LE BARON.

Qui pourrait comprendre quelque chose ?

HAMMER.

Ah ! bon Dieu ! M. le Baron, j'étais bien comme
vous, je n'y comprenais rien ; mais ma joue a bien senti..
si tant est que la peur m'a fait rester quelques minutes
à terre, sans oser bouger. A la fin, je me suis relevé ;
et n'entendant plus rien, je suis entré dans la galerie.
Je n'étais pas trop rassuré, mais tout coup vaille, je
me suis risqué...... Je n'y ai trouvé personne. Comme
j'allais en sortir, quelque chose d'extraordinaire a
frappé mes regards..... je me suis approché, et j'ai
ramassé cette cocarde française, qui est là pour vous
dire que je ne mens pas.

LE BARON.

Cette cocarde Française !

SOPHIE.

Dieu de bontés, soutiens mon courage !

HAMMER.

Oui, cette cocarde. Vous voyez bien, M. le Baron,
que les Français sont entrés dans le fort.

LE BARON.

Qne veut dire ceci ? serait-ce une insulte qu'on voudrait me faire ?... serait-ce ?... Malheur à qui voudrait
me jouer ou me trahir, Hammer.....

HAMMER (*tendant la main*).

M. le Baron !...

LE BARON.

Je vous fais prendre, si vous parlez à personne de
ce que vous venez de me dire....

SOPHIE (*remise*).

Eh ! mon père, quelle croyance voudriez-vous ajou-
ter aux contes de cet homme.

LE BARON.

Je sais qu'il en mérite peu....... mais enfin cette
preuve, cocarde........

SOPHIE.

Pourrait avoir été apportée par quelqu'un des nôtres comme un trophée pris sur un soldat Français
pendant la dernière affaire......

LE BARON (*en se défiant*).

Où est Charlotte? si elle était ici, on pourrait
savoir........

SCÈNE SIXIÈME.

LES PRÉCÉDENS, CHARLOTTE *sortant du cabinet.*

CHARLOTTE (*à Sophie*).

Madame, j'ai éxécuté vos ordres, et....

LE BARON.

Ah! la voilà!

SOPHIE (*à Hammer.*)

Heureux événement !

HAMMER.

Comment, Melle. Charlotte, ce n'était donc pas
vous qui étiez ?........

LE BARON (*sévèrement à Hammer.*)

Paix, rappelez-vous ce que je vous ai promis, si
la moindre indiscrétion.....

HAMMER.

M. le Baron, je n'en parlerai de ma vie. (*A part*).
Non, mais c'est qu'il le ferait comme il le dit.

LE BARON.

D'où sortez-vous, Charlotte ?

CHARLOTTE (*avec intention.*

M. le Baron, vous le voyez bien, de ce cabinet où
je m'acquittais d'un ordre que Madame m'avait donné.

LE BARON.

Il suffit. (*A part*). Je ne sais, mais il m'a semblé

appercevoir que ma fille était troublée, pendant le récit d'Hammer. Ne laissons rien paraître, voyons tout
par moi-même, et....

SCÈNE SEPTIÈME.

LES PRECEDENS, UN OFFICIER.
L'OFFICIER.

Général, une estafflette qui est parvenue jusqu'ici
à travers mille dangers, est chargée de dépêches pour
vous de la part du Général commandant le cercle.

LE BARON.

Faites assembler l'Etat-Major dans la salle du con-
seil, je vais m'y rendre pour connaître et lui communiquer les ordres que ces dépêches pouvent renfermer.
(*A Sophie*). Songez à remplir mes intentions, ma
fille : je ne vous reverrai plus que pour recevoir vos
adieux.

(*Sophie est plongée dans la rêverie, le Baron s'en
apperçoit et la regarde. Sophie revient à elle et
salue son père. Au même instant, on entend du
bruit dans le cabinet. Sophie porte ses regards
de ce côté ; Hammer de même. Charlotte regarde Hammer sérieusement. Le Baron sort,
Hammer le suit*).

SCÈNE HUITIEME.

SOPHIE, CHARLOTTE.
CHARLOTTE.

O ma chère maîtresse ! quels dangers nous avons
courus !

SOPHIE.

Je ne suis pas encore remise. Et mon époux ?.....

CHARLOTTE.

Nous entrions ensemble dans votre cabinet, au moment où ce pauvre Hammer.... Commençons le récit très-véridique de ce qui nous est arrivé : Heureusement il n'est pas certain de m'avoir reconnue, et mon apparition subite a dissipé les soupçons que votre père aurait pu concevoir. Un seul incident a manqué tout découvrir. Comme nous arrivions à la porte, nous avons rencontré cet espiègle d'Henry : sa surprise, à la vue d'un officier inconnu, a pensé nous transsir ; je n'ai eu que le tems de lui imposer silence et de le faire entrer avec nous ; mais je réponds de sa discrétion.

SOPHIE.

Mon époux est là.... Qu'il vienne.

CHARLOTTE.

Il faut d'abord prévenir toute surprise.

SOPHIE.

Tu as raison.   (*musique*).
(*Charlotte va fermer la porte, Sophie écoute et met la main sur son cœur : elle va ouvrir la porte du cabinet.*)

SCÈNE NEUVIÈME.

Les Précédens, CHARLES DUPRE, SOPHIE.

SOPHIE.

Mon ami !

CHARLES.

O ma bien-aimée ! dans quels dangers ta tendresse pour moi t'a précipitée !

SOPHIE.

Mon ami, ne parle pas de mes dangers quand l'idée

des tiens me glace d'effroi !..... Mais ta blessure?......

CHARLES.

Ma blessure.... ai-je le tems d'y penser : ta présence est un beaume consolateur.

SOPHIE.

Le ciel me fait oublier aujourd'hui mes années de larmes ; mais....

(Pendanl ce dialogue , pantomime de Charlotte , qui explique à Henry ce dont il s'agit , et luī recommande le secret. Henry considère Charles avec curiosité.

Mon ami, qu'allons-nous devenir ?.... Mon père exige que je parte ce soir pour Hermandstatt ; le conte de ce domestique, quoique dépourvu d'apparence, a paru faire quelqu'impression sur son esprit, et cette cocarde trouvée aura sans doute accru ses soupçons.

CHARLES.

Je ne comprends pas comment je l'ai perdue ; je l'avais mise dans mon sein , il faut qu'elle en soit sortie , lorsque j'ai précipitamment quitté la galerie. Mais , ma chère Sophie , je vois que je ne puis rester ici sans t'exposer ; d'ailleurs ton départ.... Moi-même, je sens que la gloire et l'honneur m'appellent. La position respective des armées annonce une bataille générale. Je mourrais de regret de demeurer dans l'inaction , tant qu'il me restera une goutte de sang à verser pour mon souverain. Il faudrait trouver les moyens de sortir de ce fort.

SOPHIE.

Tu as raison ; une fois dehors tu n'as plus de risques à courir , puisque tous les environs sont occupés par votre armée.

CHARLOTTE.

J'imagine un moyen : Vous savez qu'à l'extrémité

du jardin et près de la vieille poterne , est une petite porte qui donne dans les fossés ; Henry en a trouvé la clef ce matin , et me l'a remise. Il y a un parti français, campé de l'autre côté de ces fossés , à telles enseignes que , ce matin , M. le Baron , désespéré de les voir à sec , disait à M. le Major qu'en cas d'attaque, il avait dessein de faire une sortie par cet endroit. Il s'agirait donc de gagner le jardin: il fait trop jour pour le tenter à présent et par les chemins ordinaires. (*Il regarde à la fenêtre*). S'il n'y avait pas une sentinelle dessus cette fenêtre , Monsieur pourrait y descendre. Une fois dans le jardin , et avec cette clef, son évasion serait certaine, d'autant qu'il prendrait l'allée à gauche qui conduit à la poterne , et que la sentinelle des derniers remparts est placée de manière à ne pouvoir ni l'entendre ni le voir.

SOPHIE.

Mais comment parvenir jusqu'au jardin? Cette sentinelle qui est si près de nous....

CHARLES.

Rien de plus aisé , en tuant cette sentinelle.

CHARLOTTE.

Vous ne doutez de rien , vous-autres Français ; en *tuant* cette sentinelle ! Mais il faudrait en approcher , et avant , elle aurait fort bien pu vous *tuer* vous-même. D'ailleurs , le bruit que vous feriez , *en tuant cette sentinelle* , donnerait l'alarme , et le corps-de-garde une fois sur pied pourrait bien ne pas vous donner le tems d'achever le trajet qui vous resterait à faire. (*Elle regarde par la fenêtre*). Que vois-je ! C'est un de ces vilains Russes arrivés ce matin : il n'y faut plus penser. (*On entend le bruit d'une patrouille*).

(*Musique*).

CHARLOTTE.

Le ciel est pour nous, on relève les postes , c'est le

vieux Fritz qui remplace le soldat Russe. (*A Charles*).
Vous êtes sauvé.

CHARLES.

Comment cela ?

CHARLOTTE.

C'est le meilleur de mes amis. Promettez-moi d'être
exact à faire ce que je vais vous dire , et je vous réponds de tout.

SOPHIE.

Parlez , ma chère Charlotte.

CHARLOTTE.

Je vais descendre, j'irai trouver Fritz ; il est bavard,
nous causerons ; il aime beaucoup le genièvre , je lui
en porterai. Pendant notre conversation , je le place-
rai de manière à ce qu'il tourne le dos à la fenêtre.
Madame observera d'ici le moment favorable. Il y a
dans ce cabinet plusieurs cordages assez longs et assez
forts pour vous faciliter à descendre , et qu'on peut
attacher à ce balcon ; Monsieur , de cette manière ,
gagnera la plate-forme , et de là sautera sur le bout
du rempart , où j'occuperai Fritz le plus long - tems
que je pourrai. J'espère que M. le Colonel aura fran-
chi le jardin , avant que notre sentinelle ait quitté sa
position et sa bouteille.

CHARLES.

A merveille.

SOPHIE

Mais.....

CHARLOTTE.

Il n'y a pas à balancer , Monsieur est Français, les
hazards ne doivent-ils pas être pour lui ?

CHARLES.

Elle a raison.

SOPHIE.

Il le faut bien , j'y consens.

CHARLOTTE.

Ne perdons pas une minute. Voilà la clef de la petite porte au bout du jardin l'allée à gauche près la poterne. Attention, célérité. (*Fausse sortie*).

CHARLES.

Comptez sur mon exactitude.

CHARLOTTE (*revenant*).

Une idée. Votre cousin, en partant pour le camp, a laissé dans votre secrétaire des pistolets tout chargés : à tout hasard, il faut en armer M. le Colonel.

SOPHIE (*les prenant dans un tiroir*).

Les voilà.

CHARLES.

Maintenant je réponds de ma sortie.

CHARLOTTE (*à Charles*).

Adieu, Monsieur ; si je ne vous revois plus, pensez quelque fois à la pauvre Charlotte. Je vais trouver notre sentinelle. Songez que le moindre retard peut tout perdre.

CHARLES.

Ne craignez rien.

SOPHIE.

De la prudence.

SCENE DIXIEME.

SOPHIE, CHARLES, GULES.

CHARLES.

L'excellente femme !

SOPHIE.

Mon ami, ne perdons pas de tems, aide-moi.
(*Sophie va prendre les cordages, se rappelle que la porte est encore ouverte ; elle va la fermer au verrouil. Ils attachent les cordages au balcon.*

Sophie regarde par la fenêtre , fait signe qu'elle apperçoit Charlotte. Elle presse Charles de descendre).

Adieu , mon bien-aimé , songe à ta Sophie.

CHARLES.

(*Sur la Musique*).

Adieu , tendre amie , je m'arrache d'auprès de toi , sans savoir quand je te reverrai.

SOPHIE.

Cruel ! pourquoi me rappeler.....

CHARLES.

Pénible départ ! (*Ils s'embrassent et restent quelque tems dans cette position ; Henry les sépare, en leur rappellant que le tems presse. Charles monte sur la fenêtre et descend ; Sophie tient le cordage et le déroul ; Henry , à genoux , invoque le ciel. Tout-à-coup on entend crier qui vive et un coup de fusil. Sophie chancelle toute évanouie , et laisse aller le cordage. On entend deux coups de pistolet sous la fenêtre ; on crie aux armes. Du bruit se fait entendre à la porte ; on distingue ces mots :* Ouvrez , Sophie , ouvrez , je vous l'ordonne. *Après les deux coups de pistolets , Henry se précipitant sur Sophie , on enfonce la porte ; le Baron entre , suivi de son Etat-Major et de soldats. On court à Sophie , et on la relève*). Bonne amie , bonne amie , reviens à toi. J'entends du bruit..........
Bonne amie.....

SCÈNE ONZIÈME.

Les Précédens, LE GENERAL, CHARLOTTE.

LE BARON.

Fille indigne ! opprobre de votre père ! m'explique-

vous tout ce que cela signifie? Enfermée à cette heure, ma garnison en alarmes, un homme s'échappant
par votre croisée, parlerez-vous?

SOPHIE (*égarée.*)

Mon époux! mon époux! il est mort!

LE BARON (*furieux.*)

Votre époux! voilà donc le mystère de tantôt expli-
qué! votre époux, malgré mes volontés, son serment,
les vôtres, était dans ce château. Quel dessein l'y
conduit après huit ans? sa présence en ces lieux avait
sans doute un autre but que celui d'un fol amour! mais
je le devine, fille ingrate, tu étais d'intelligence avec
lui, pour lui livrer ce fort; il ne te manquait plus,
après avoir déshonoré ton père par ta conduite infâme,
que de le trahir et devenir toi-même son assassin.

SOPHIE (*toujours égarée.*)

Mon époux! mon époux! rendez-le moi.

LE BARON.

Oui, je te le rendrai, ton infâme époux; on est à sa
poursuite, il ne peut m'échapper, et bientôt.....

SOPHIE. (*revenant.*)

Il respire.

SCÈNE DOUZIÈME.

Les précédens, un OFFICIER.

L'OFFICIER.

Mon Général, l'homme qui s'évadait, après avoir
blessé la sentinelle, qui se trouvait en dehors du rempart, est entré dans le jardin; nous l'y avons pour-
suivi; tout-à-coup il a pris le chemin qui conduit à
la poterne, et a disparu à nos yeux. La petite porte
qui donne dans les fossés, se trouvant ouverte, nous
l'avons apperçu qu'il les franchissait. Nous n'avons pas

voulu le poursuivre plus avant , craignant de tomber dans les détachemens ennemis qui sont au bivouac à une portée de canon ; nous sommes rentrés après avoir tiré sur lui plusieurs coups de fusil qui ne l'ont pas atteint.

SOPHIE. (à genoux.)

O ciel je te rends graces. (Au Baron) Frappez maintenant , si vous croyez que je mérite la mort ; mon époux est sauvé , mais gardez-vous de penser que votre fille ait pu se prêter à vous trahir , et sachez......

LE BARON.

Je ne veux rien entendre. Grand dieu ! me réservais-tu ce prix , après soixante ans de travaux et de gloire ? Mon pays envahi par nos ennemis , ma fille de concert avec eux , et trahissant à la fois sa patrie et son père.

» (1) O Marie Thérèse ? ô grand homme ? digne
« souverain, pourquoi n'ai-je pas répandu pour la
« gloire de tes armées un sang que j'avais voué à ton
« service, je n'aurais pas vu ton petit-fils égaré par
« des ministres perfides, engagé dans une guerre in-
« juste et ruineuse ; mes yeux enfin n'auraient pas été
« témoins du parricide d'une coupable fille. »

La mort, la mort seule peut terminer tant de maux ; Mais rendons-la, du moins, funeste aux ennemis. Tout annonce que ce fort va être attaqué, Si je ne puis l'empêcher de tomber en leur pouvoir, qu'une mine préparée avec soin, et rejettant au loin leurs corps sanglans confondus avec les nôtres, apprenne à ces orgueilleux vainqueurs ce que peuvent la fidélité et le désespoir d'un brave Allemand. Major, que cette femme soit arrachée d'ici et gardée à vue, vous m'en répon-

---

(1) Ce passage, qui se trouve entre des guillemets, peut se passer à la représentation.

dez , dans un instant , vous connaîtrez mes ordres ,
allez. (*Musique*)

(*Sophie veut se jeter aux genoux de son père ; il
la repousse ; les soldats s'avancent , Henry se
précipite au milieu d'eux ; ils s'arrêtent , le Baron
leur jette un regard de courroux.*)

LE BARON.

Obéissez , vous dis-je.

(*Les soldats emmènent Sophie et Henry. Le
Baron sort en fureur.*)

Fin du premier Acte.

ACTE DEUXIEME.

SCENE PREMIERE.

(Musique. Introduction).
Le théatre représente la réserve de l'armée Fran-
çaise. Dans le fond on apperçoit le fort de
Porlitz : devant sont es fossés. On voit deux
sentinelles Autrichiennes au donjon qui domine
les remparts. A droite sur le devant est la tente
du Général de la réserve ; une sentinelle est à
sa porte. Les soldats sont en différens g ouppes
occupés à boire et à regarder l'illumination for-
mée de faisceaux de fusils, dont les baïonnettes
sont garnies de paille enflammée. Sur le devant
à gauche, Sans-Regret, dragon, est assis, la téte
dans ses deux mains, à quelques pas de lui,
La Treille, dragon, buvant.
Au lever de la toile, tous les soldats : Vive ? vive
l'Empereur.)

VA-DE-BON-CŒUR.

La belle illumination !

LA TREILLE.

Le bon vin !

VA-DE-BON-CŒUR.

Parbleu, La Treille nous avons eu là une bonne idée
heim....... c'est pourtant la Tulipe qui y a pensé
le premier.

LA TREILLE.

Que veux-tu ? Depuis que nous avons quitté Bou-
logne, je suis brouillé avec les jours. Jadis on faisait
une marche d'étapes, on remportait une victoire par

journée ; à présent, ce n'est plus ça ; dans la même, on fait quinze, vingt-lieues de suite, on gagne trois, quatre batailles. Cela dérange furieusement un calendrier.

VA-DE-BON-CŒUR.

Tu as raison. Enfin, si-tôt que ncus nous sommes rappellés que c'était aujourd'hui l'anniversaire du couronnement de notre Empereur, nous l'avons célébrée. Nous n'avions ni lampions de couleurs, ni feu du Bengale ; mais nos baïonnettes, morbleu, et de la paille de bivouac au bout. On n'y regarde pas de si près, quand c'est le cœur qui fait les frais de la fête.

BELLE-POINTE.

Ce qui m'en plaît, c'est que toute l'armée a fait comme nous ; seulement ayant commencé les premiers, nos illuminations vont finir avant les autres.

VA-DE-BON-CŒUR.

C'est égal..... Ah ! si l'on pouvait attaquer aujourd'hui cette armée Russe, campée ici près sur ces hauteurs, c'est alors que nous pourrons donner à notre auguste Chef un bouquet digne de lui.

BELLE - POINTE.

Que sait-on ?

VA-DE-BON-CŒUR.

Voilà nos lampions qui meurent.

UN SOUS-LIEUTENANT DE DRAGONS.

Amis, chacun à son poste. Il y a des mouvemens à l'avant-garde, et nous allons probablement recevoir des ordres.

(Chacun se retire dans le fond et par grouppe).

SANS-REGRET.

Quelle heure est-il ?

LA TREILLE.

Trois heures passées.

SANS - REGRET.

Sais-tu ce que signifiaient ces coups de fusil que nous avons entendus hier assez tard du côté de ce fort.

LA TREILLE.

Il paraît que ce sont ces messieurs qui ont voulu nous faire ressouvenir qu'ils sont là.

SANS - REGRET.

Mort de ma vie, je suis fâché que notre général ne nous ait pas ordonné de les attaquer. J'aurais besoin de me battre, pour me distraire de mon chagrin.

LA TREILLE.

Du chagrin ! y pense-tu ? moi, je n'en aurais que si je ne pouvais plus boire. Mais, Dieu merci, la cantine est bien garnie, et la mère Topette, notre vivandière en chef, a rempli à Vienne ses petits tonneaux du meilleur vin, ... de la gentille eau-de-vie.... C'est une bien brave femme que cette mère Topette.... Pour en revenir à ton chagrin, qu'as-tu donc ? En effet, je ne t'ai jamais vu si triste.

SANS - REGRET.

Ne m'en parle pas, mon pauvre La Treille ; je me sens des envies de pleurer comme un enfant.... c'est ma faute.... j'aurais dû retourner sur le champ de bataille, le retrouver ou mourir avec lui, s'il le fallait, mon digne colonel Dupré.

LA TREILLE.

Ah ! tu as raison.... Ce brave et digne colonel.... si jeune.... là.... rester dans une affaire d'avant-poste, quand on a bravé la mort impunément dans plus de vingt batailles, ... mais comment diable....

SANS - REGRET.

Je te dis que je n'y conçois rien.... Il charge à la tête du premier escadron pour dégager cette compagnie d'infanterie légère que les Russes enveloppaient : j'étais en serre-file à la deuxième division ;

la charge s'exécute ; nous enfonçons ces coquins ; nous nous portons plus loin ; et c'est alors que chacun se demande ce que notre colonel est devenu.... personne ne l'a vu tomber ; la plupart le croient prisonnier. Moi je suis certain du contraire. Au reste, je ne me pardonnerai de la vie ma conduite.... Ne point retourner sur mes pas, ah ! Sans - Regret, ton colonel qui t'a sauvé deux fois la vie, à qui tu dois d'être maréchal-des-logis.... Sans - Regret, tu as perdu en un instant ce que tes actions précédentes avaient pu t'acquérir d'estime et de gloire.

(Les vivandières continuent à distribuer de l'eau-de-vie aux soldats.)

LA TREILLE.

Ne t'afflige pas ainsi, peut-être notre colonel n'est-il pas entièrement perdu pour nous, et.... la mère Topette est encore là. Veux-tu boire un coup ? c'est moi qui paie.

SANS - REGRET.

Je n'ai pas soif.

(On entend crier qui vive. On répond, France-Dragon.... Des voix.... Le colonel Dupré.)

SANS - REGRET.

Le colonel Dupré !

LA TREILLE *(buvant.)*

Milles-yeux ! .... est-il possible ?

(Musique courte et légère pour l'entrée de Dupré)

SCENE DEUXIEME.

LES PRÉCEDENS, DUPRÉ.

SANS - REGRET *(se jettant à son col.)*

Mon colonel ! c'est vous que je revois.

PLUSIEURS DRAGONS.

Quel bonheur ! c'est notre Colonel.

DUPRÉ.

Oui, mes enfans, c'est moi-même.

SANS - REGRET (à *La Treille*).

Mon camarade , à présent j'accepte le verre d'eau-de-vie que tu m'offrais , je le boirai à la santé de notre brave commandant.

UN-SOUS-LIEUTENANT DE DRAGONS.

Comment se fait-il....., mon Colonel ?.....

(*Musique*).

SCENE TROISIEME.

Les précédens , LE GÉNÉRAL DE LA RESERVE *sortant de sa tente.*

LE GÉNÉRAL (*à part*).

Je voudrais envoyer ce rapport au quartier-général, qui va se charger de cette commission ? Il faut un officier qui puisse faire sentir à l'Etat-Major la nécessité d'emporter le fort dont la garnison pourrait nous inquietter dans le cas d'une affaire générale. Mes raisons pour proposer ce parti , sont , je crois , sans replique ; mais il faudra répondre aux questions......... Qne vois-je ? Dupré !

DUPRÉ.

Oui, mon général.

LE GÉNÉRAL.

C'est vous, Dupré ! Ma foi, mon ami, nous vous croyons mort ou prisonnier..... Par quel bonheur.....

DUPRÉ.

Mon général , vous saurez tout : Il y a plus de six heures que je devrais être parmi vous ; je me suis sauvé du fort que vous voyez , mais par l'autre côté. J'ai été forcé de ma cacher à un parti russe qui s'y est introduit, et j'ai été rencontré par une patrouille des nôtres, qui m'a conduit au poste de l'arrière-garde, pour me faire reconnaître. Enfin me voilà près de vous, et j'arrive à propos. Si j'en puis juger, tout annonce que la journée ne se passera pas sans quelqu'événement décisif. Jugez de mon regret, si mon brave régiment se fût battu sans moi.

LE GÉNÉRAL (*à part*).

Il est entré des Russes à Porlitz ! Raison de plus pour tenir à mon plan. (*Haut*). Colonel, vous connaissez le fort mieux que nous, puisque vous en sortez; prenez ce rapport, portez-le au quartier général; vous prendrez connaissance de ce qu'il contient. Vous joindrez vos observations aux miennes; vous répondrez aux questions qui pourront vous être faites, et me rapporterez des ordres... Vous êtes peut-être un peu fatigué; mais je connais votre zèle, et suis certain que, vous offrir une occasion d'être utile à votre Souverain, est vous servir selon vos goûts.

DUPRÉ.

Vous me rendrez justice, mon général, dans une heure, j'espère être de retour. (*Aux Dragons*). Deux dragons d'ordonnances. (*Il sort*).

SCÈNE QUATRIÈME.

LES PRECEDENS, *excepté* DUPRE.

LE GÉNÉRAL.

Enfans ! redoublez de vigilance. Voici l'instant où les rondes et les patrouilles vont repasser ici; à la moindre alerte, que chacun soit sur pied. (*Il rentre dans sa tente*).

SCENE CINQUIEME.

Les Précédens, *excepté* LE GENERAL.
SANS-REGRET (*à La Treille*).
Tiens, vois-tu, La Treille, à présent arrive qui voudra, je suis plus content que si j'avais gagné une bataille à moi tout seul.
(*On entend crier qui vive ? Patrouille.*)

SCÈNE SIXIÈME.

Les PRECEDENS, une PATROUILLE, MICK (*soldat Autrichien*).
LE COMMANDANT DE LA PATROUILLE (*au sous-Lieutenant de Dragons*).
Mon Officier, voilà un soldat Autrichien que nous avons pris en route ; il est sans armes, comme vous voyez et n'a pas l'air dangereux. Voulez-vous vous en charger.
LE SOUS-LIEUTENANT.
Volontiers, demain je le ferai partir pour le dépôt avec les autres.
MICK.
Mais, Messieurs, Messieurs..........que je suis donc malheureux.......
(*La Patrouille sort.*)
LA TREILLE (*frappant sur l'épaule de Mick*).
Eh bien! faraud! qu'est-ce? n'êtes-vous pas content d'être avec nous ?
MICK.
Pardonnez-moi, Messieurs ? mais... c'est que c'est vraiement jouer de malheur.

SANS-REGRET.

Voyons, de quoi te plains-tu ? te voilà prisonnier,
tu ne sera pas forcé de te battre.

MICK.

Ce n'est pas là non plus ce qui m'afflige. Mais voyez,
depuis quinze jours que je sers „ être pris deux fois et
avoir perdu son amoureuse !

LA TREILLE.

Son amoureuse ; il est gai.

MICK.

Oui Monsieur, mon amoureuse : je m'appele Mick,
Mack disait que nous serions vainqueurs ; ça fait que
j'avais été engagé à Vienne par le vieux caporal
Hautz pour servir dans le régiment de Murray, dont
je porte encore l'uniforme ; le caporal avait une nièce
jolie......oh, jolie.....Mademoi-elle Louise, j'en tombe
amoureux. V'là t'il pas que, pendant que je faisais
l'exercice, les Français prennent Vienne, et un Hus-
sard, nommé la-Valeur, arrive tout exprès pour épouser ma femme....Or je vous demande.....

SANS-REGRET (*l'interrompant.*)

Je conviens que c'est cruel, mais mon pauvre ami
console-toi ; tu as été vaincu par un Français, c'est
encore un honneur.

MICK.

Honneur tant que vous voudrez, cela n'empêche
pas que mes deux défaites ne m'aient dégoûté du service et des femmes ; et puisque mon Empereur s'en
va, je m'en vais aussi, je regagne la Boëme, ma patrie ; je reprendrai du service quand nous aurons la
paix.

SANS-REGRET.

La grande perte.....Vous allez rejoindre des cama-
rades.... Georges, conduit ce vétérant à la tente des
prisonniers.

MICK.

Comment, messieurs, à la tente des prisonniers ?
Ah ! mon dieu, est-ce-que vous allez me mettre
avec des Russes?...Ah ! mon dieu !

SANS-REGRET.

Pourquoi non ?......

MICK.

C'est à cause de mon paquet.....

MICK (*en sortaut*).

Ah ! bon dieu ! bon dieu ! quand ça finira-t-il.

SCÈNE SEPTIÈME.

LES PRECEDENS excepté MICK, SOPHIE, CHARLOTTE.

SOPHIE (*dans la coulisse*).

Mon époux ! mon époux !

LE SOUS-LIEUTENANT (*allant à elle*).

Que voulez-vous, Madame ?

SOPHIE.

Ah! Monsieur, par pitié, ne pourriez - vous m'in-
diquer où se trouve en ce moment le dix-neuvième régiment de dragons ?

LE SOUS-LIEUTENANT.

Ici, Madame..... Que demandez-vous ?

SOPHIE.

Le colonel Dupré...... Avez-vous de ses nouvelles ?

SANS-REGRET (*le casque à la main*).

Oui, belle Dame, il vient d'arriver..... Nous ne sa-
vons pas trop d'où, mais en bonne santé; car il est re-
parti de suite avec des dépêches pour le quartier-général.

LE SOUS-LIEUTENANT.

Sans indiscrétion, pourrait-on savoir ?....

SCÈNE HUITIEME.

LES PRÉCÉDENS, LE GENERAL *sortant de
sa tente.*

LE GÉNÉRAL (*au Sous-Lieutenant*).

Portez cet ordre au colonel des Sapeurs. (*Apper-
cevant Sophie*). Que veut cette Dame ?

SOPHIE (*timidement*).

Je suis l'épouse du colonel Dupré, et je venais......
inquiette sur l'événement qui l'a séparé de moi hier...

LE GÉNÉRAL (*surpris*).

Vous, son épouse, Madame !

SOPHIE.

Oui ; Monsieur, un père inflexible m'éloignait encore de celui dont la vue m'est interdite depuis si long-
tems, de mon cher Dupré ; la voiture qui me condui-
sait, a été attaquée. J'ai trouvé moyen d'en sortir avec
cette femme qui m'accompagnait. Votre poste est le
premier que j'aie rencontré. Mes premières informa-
tions m'apprennent que c'est ici que se trouve le régiment de mon époux, et qu'il y est arrivé malgré les
dangers qui ont accompagné sa fuite du fort que commande mon père.

LE GÉNÉRAL.

Vous, Madame, la fille du brave général de Ludolff, et l'épouse de Dupré!.... entrez dans ma tente,
je vous prierai de m'instruire des détails que le Colonel
n'a pu me donner, et vous y attendrez son retour plus
commodément.

SOPHIE.

Que ne vous dois-je pas, M. le Général ! j'accepte
votre invitation. Charlotte, suivez-moi.

SCENE NEUVIEME.

LA TREILLE, SANS-REGRET, les SOLDATS.

SANS-REGRET.

En voici bien d'une autre. Comment ! notre Colonel est marié !

LA TREILLE.

Apparemment.

SANS-REGRET.

Il est bien discret, au moins, car en voilà la première nouvelle.

LA TREILLE.

Que veux-tu, mon pauvre Sans-Regret? c'est pour faire mentir le *dictum* qui dit qu'un Français et un coq chantent leurs victoires, avant même de l'avoir tout-à-fait remportée.

SCÈNE DIXIÈME.

LES PRECEDENS, COURT-CHEMIN.

A quoi diable vous amusez-vous donc, vous-autres?

SANS - REGRET.

Qu'y a-t-il de nouveau ?

COURT-CHEMIN.

Réjouissons-nous, mes amis, nous nous battrons aujourd'hui.

TOUS LES SOLDATS.

Tant mieux.

COURT-CHEMIN.

Tu sais bien que j'avais été envoyé en ordonnances.

SANS - REGRET.

Hé bien ?

COURT-CHEMIN.

Comme j'étais au quartier-général , est arrivé un
aide-de-camp, que notre Empereur avait envoyé aux
deux autres qui se trouvent à une lieue d'ici.... il
leur proposait encore la paix, car tu sais que c'est
sa coutume.

LA TREILLE.

C'est vrai , et j'ai remarqué que chaque fois qu'il
leur a fait des propositions de paix , il les a battus
le lendemain.... Ils auraient bien dû l'accepter.

COURT-CHEMIN.

Ah bien oui, l'accepter......... vous ne croyez
pas , vous autres , que ces Messieurs ont voulu dicter
des conditions : il fallait qu'ils fussent bien déraison-
nables ; car notre Empereur leur a fait dire que ,
fussent-ils campés sur les hauteurs de Montmartre
avec toutes leurs forces , il leur répondrait encore
à coups de canon, Aussi-tôt il a fait retirer l'avant-
garde ; les ennemis ont cru qu'il fuyait, ils ont
descendu les hauteurs qu'ils occupaient ; et notre
Empereur voyant ce mouvement, s'est écrié : Il en
eût coûté trop de sang pour les aller chercher.

Maintenant , Français , ils sont à nous. Quelqu'un lui observait que l'infanterie Russe était inné-
branlable. Mes amis , à-t'il répondu , ce sont des bas-
tions , qu'il faut démolir. Notre Empereur a ensuite
parcouru les rangs ; il a parlé aux officiers, aux
soldats , aux corps entiers. Enfin.... les dispositions
se font, les ordres se donnent, et avant qu'il soit
longtems , nous allons faire voir à ces Messieurs
qu'il ont tort de se déranger de chez eux.

SANS - REGRET (*musique.*)

Le plutot sera le mieux.

(*On entend crier qui vive. On répond* : Ronde
d'Officiers Supérieurs. *Le Général sort de sa*

*tente, reçoit l'aide-de-camp qui est à la tête
de la ronde.*)

SCÈNE ONZIÈME.

Les Précédens, LA RONDE-MAJOR, DUPRÉ.
L'AIDE-DE-CAMP.

Soldats, votre Empereur a été instruit que les dis-
tributions de vivres avaient été retardés ces deux
jours-ci : vous ne vous êtes pas plaints. Tel est le
soldat Français, mais plus il sait souffrir patiemment,
plus ses chefs doivent étendre leurs sollicitude sur
tout ce qui les regarde. (*Au Général de réserve*).
Général, l'Empereur me charge de vous dire que
son intention est de connaître la cause de cette né-
gligence, et que vous en fassiez punir les auteurs.
LE GÉNÉRAL.

Il suffit.

L'AIDE-DE-CAMP.

Soldats, un grand jour se prépare : l'armée Russe
se présente pour venger l'armée Autrichienne, ce
sont ces mêmes bataillons que vous avez défaits à
Hollabrum et que depuis vous avez constamment vain-
cus. Votre Empereur dirigera lui-même vos pha-
langes ; il a promis à nos compagnous de se tenir
loin du feu, si, avec votre bravoure accoutumée,
vous portez le désordre et la confusion dans les rangs
ennemis ; mais si la victoire était un moment incertaine, vous le verriez s'exposer aux premiers coups.
Français que votre valeur nous sauve du danger de
voir s'exposer encore une tête si précieuse.

(*Au Général de la réserve.*)

Général, le colonel Dupré vous remettra un paquet
contenant des ordres pour cette journée.

(*Il sort avec la ronde-major.*)

SCENE DOUZIEME.

LES PRECEDENS , (*Or* L'AIDE-DE-CAMP.)
(Musique.)
Le Général ouvre le paquet , lit une lettre.
(Après avoir lu.)
A sept heures nous attaquerons ce fort. Colonel ,
voilà des instructions qui vous sont particulières , et
qui regardent le vieux Général Autrichien qui y
commande ; mais vous n'avons pas de tems à perdre ,
j'ai des ordres à donner. (*Il fait signe au Sous-*
Lieutanant de le suivre.) Suivez-moi, je vais vous
présenter quelqu'un qui vous est cher, et que vous
ne vous attendez pas sans doute à retrouver ici.
(Ils entrent dans la tente.)
Evolutions. Les corps se forment en bataille.
On dispose des canons , des mortiers , des
échelles. Pendant ces évolutions le Sous-Lieu-
tenant de dragon sort de la tente du Général ,
prend un trompette et va faire une sommation au
commandant du fort.

SCENE TREIZIEME.

LES PRECEDENS, LE GENERAL , DUPRE.
DUPRÉ.
Mon Général, comment vous témoigner ma reconnaissance ? C'est de vos mains que je reçois une
épouse , dont je me croyais séparé pour long-tems.
Je vous avouerai pourtant que je ne suis pas sans
crainte , au moment d'une action , et si près du champ
de Bataille.

6

Le Général.

Soyez tranquille, mon cher Dupré, sur le sort de ce qui vous est cher ; mes dispositions sont faites pour leur sûreté : mais d'après ce que vient de nous dire votre épouse, il y a tout lieu de croire que la sommation que nous venons de faire au général de Ludolff, sera sans effet. Attendons-nous donc à être contraints d'employer la force ; n'oublions pas non plus ce que votre Sophie nous a dit du dessein où elle croit son père de faire sauter une partie des remparts, lorsque nos braves les auront escaladés, et prenons là-dessus les mesures que la prudence exige. Que les soldats qui monteront à l'assaut ne le fassent que d'aprés votre signal, et sur tout, que le courage ne les emporte pas trop avant.

(Un soldat et un tambour entrent).

Le Sous-Lieutenant de Dragons.

Général, voici la réponse du commandant du poste.

Le Général *ouvre et lit.*

« Si votre Empereur eût confié ce fort à votre gar-
» de , me le rendriez-vous ? »

(Depuis quelques instans , on a entendu le canon et un grand bruit).

Le Général.

Brave Dupré, entendez-vous ? L'armée est en mouvement, elle nous donne le signal de la victoire. Qu'un escadron de vos dragons mette pied à terre, il montera à l'assaut avec deux compagnies du quarante-neuvième régiment. Je vais, selon les ordres de l'Empereur, faire tenir la réserve prête à marcher. Allons, mon ami, songez à votre gloire, à votre souverain ; mais n'oubliez pas le père de Sophie.

(Musique).

(Le général fait défiler ses troupes, sort avec un détachement. Dupré range les siennes. On

canonne le fort , il répond ; on y jette des bombes , on fait brèche. Dupré prend un guidon et le jette sur le rempart. On comble les fossés de fascines ; on plante les échelles. Une explosion se fait entendre ; une partie des fortifications saute en l'air et s'écroule. Quelques échelles, quelques soldats sont renversés. L'assaut continue ; le drapeau français est planté sur le rempart. Tout-à-coup le mur écroulé fait voir un pont-levis qui s'abaisse. Le général Ludolff paraît avec son état-major et quelques soldats ; ils se jettent en désespérés sur un pelotton Français.)

LE GÉNÉRAL.

Ma vengeance est trahie , mourons du moins en soldats.

(Le pelotton les reçoit avec intrépidité, les enveloppe. Le vieux général est terrassé, il refuse de se rendre ; il va recevoir la mort. Sophie s'élance de la tente, avec Charlotte et Henry , et se précipite au milieu des soldats.)

SOPHIE.

Arrêtez, c'est mon père.
(Dupré sort du fort, il arrête les soldats.)

DUPRÉ.

Respectez ce vieillard.
(Il tombe avec Sophie et Henry aux pieds du Baron).

DUPRÉ.

Voyez vos enfans à vos pieds.

LE BARON.

Mes enfans..... mes ennemis.....

SOPHIE.

Mon père.....

Le Baron.

Laissez-moi.
(*On entend du bruit, concours d'officiers et de*
soldats.)

SCENE QUINZIEME.

Les précédens, LE GENERAL de la RESERVE.

Le Général.

Victoire, Victoire, l'armée Russe est défaite,
40,000 hommes ont mis bas les armes, le reste est en
pleine déroute ; le génie du héros qui gouverne la
France, et conduit nos soldats, a présidé aux succès
de cette victoire, et déjà nos frères d'armes célèbrent
par mille cris d'allegresse le résultat de cette bataille
qu'ils appelent *la bataille des trois Empereurs.*
Jamais affaire ne fut plus décisive et moins incertaine,
puisque la réserve dont nous faisons partie, n'a pas
même été obligée de marcher. Notre Empereur va de
nouveau proposer la paix à ceux de Russie et d'Allemagne : s'ils ne l'acceptaient pas cette fois, qu'ils
tremblent, la postérité les jugerait et leur demande-
rait compte du sang qu'ils ont fait verser.

(*A Dupré.*)

Colonel, donnez maintenant à M. de Ludolff l'écrit
que je vous ai remis pour lui de la part de notre Souverain.

Le Baron (*prend et lit*)

« Je dois une récompense au brave Dupré pour tous
« les services qu'il m'a rendus, je sais qu'il posséde
« unefamille dans ce pays, je la regarde comme
« Française ; le Général de Ludolff sera libre du mo-
« ment que le fort de Porlitz sera pris par mes trou-
« pes, je n'attends de lui en échange de sa liberté que

« d'aller retrouver son Empereur, et de se joindre à
« ses véritables sujets pour l'engager à ne plus refuser
« la paix que je vais de nouveau lui offrir ».

LE BARON

Je ne puis résister à tant de magnanimité. Colonel,
voilà votre épouse : mes enfans, embrassez votre père.

SCENE PREMIERE.

LES PRECEDENS, UN AIDE-DE-CAMP.

L'AIDE-DE-CAMP (*aux soldats.*)

Enfin, mes amis, nous avons atteint le but que s'était
proposé notre digne chef ; les Empereurs d'Allemagne
et de Russie, ne peuvent plus cacher l'admiration
qu'il leur inspire. Ils viennent eux-mêmes de demander
la paix. Et Napoléon toujours grand vient de leur ac-
corder une suspension d'armes. Des plénipotentiaires
vont être nommés pour convenir des article d'une paix
définitive. Espérons qu'une fois rétablie, elle ne sera
plus troublée par les intrigues et l'ambition de nos ennemis ; mais qu'ils se souviennent que les Français
commandés par Napoléon seront toujours invincibles.

(*Musique.*)

FIN.